KB273878

들꽃, 그리움을 찍다

저자 **박상현**

　빛이라는 언어로 사물을 형상화하고 의미를 전달하는 사진 작업을 하면서 주로 감성의 밭을 일구는 일에 관심을 가져왔습니다. 덩달아 어렵지 않으면서도 조금은 낡고 진부한 느낌의 시어, 그리움이나 애틋함 같은 감성이 주로 졸시의 시적 모티브가 되었습니다. 시적 완결성이 많이 부족하지만, 오랜 기간 전국의 산과 들을 구석구석 누비며 담아낸 사진으로 그 부족한 부분을 채울 수 있어서 사진시집을 내게 되었습니다.

　모두 4부로 구성된 이번 사진시집의 가장 큰 특징은 제1부의 들꽃, 야생화에 대한 사진과 시일 것입니다. 사진시집 속의 들꽃 시들은 '시는 인생의 비평이다.'라는 정의에서는 조금은 비껴가지만, 일반인들이 접하기 쉽지 않은 들꽃들을 일정한 거리를 두고 관찰자적 태도를 취하면서, 예찬의 시각으로 바라보았습니다.

　사진시집의 2, 3, 4부는 자연 풍경을 담아낸 사진과 시의 관계에 관한 이야기입니다. 실체적 대상을, 빛을 매개로 재현하는 사진 작업을 하면서 느낀 삶과 그리움이란 정서, 자연에 관한 생각을 시로 형상화하였습니다.

　사진 작업을 선행하였고 그 뒤에 시적 사유가 이루어졌기 때문에 주로 사진 이미지가 시의 배경이 되었지만, 시적 형상화 과정에서는 사진과 시의 상호작용으로 의미가 확장되고 새로운 의미가 생성되기도 하였습니다.

　자연이 있기에 가능했던 행복한 사진 작업과 시적 형상화 과정. 그래서 늘 자연에 대해 감사한 마음입니다.

2026. 박상현

3부
그리움을 찍다

4부
자연에 귀 기울이다

1부

들꽃에 스며들다

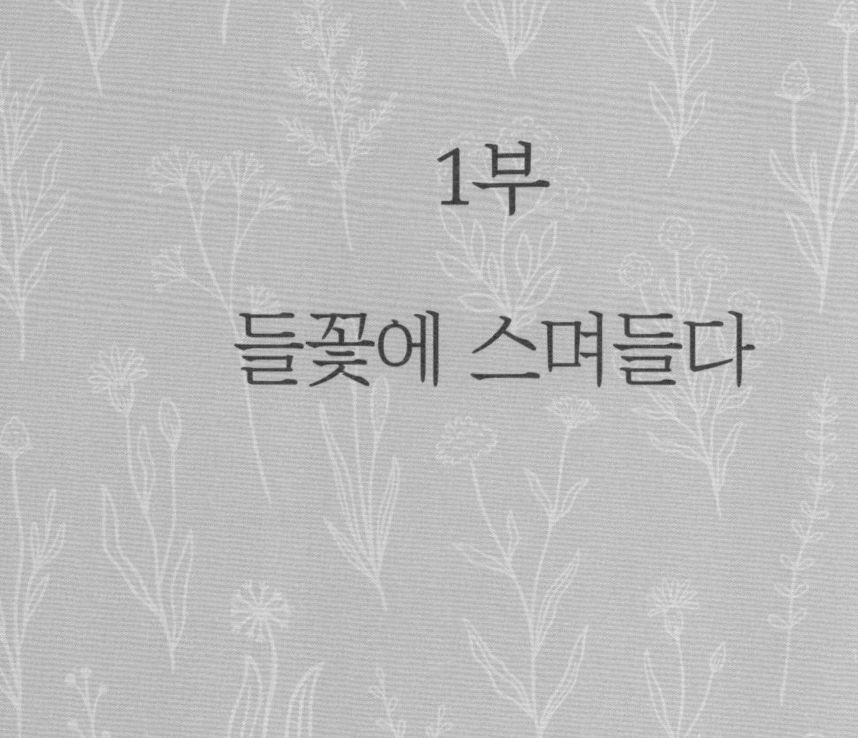

겨울을 밀어낸 춘삼월의 곰배령에선
바람꽃 은방울꽃 모데미풀 같은 하양꽃
복수초 동의나물 금괭이눈 같은 노랑꽃들이
저마다 물결로 영역을 넓힐 때

핑크빛 꽃잎을 아톰처럼
한껏 뒤로 젖히고

꽃바람에 수줍은 듯
생동감 넘치는

풋풋한 열일곱 살 소녀의
첫사랑 같은 얼레지꽃

그녀의 자태에서
때론
숨 가쁜 사랑을 토해내듯
요염이 읽히기도 하지만

봄꽃의 여왕답게
수많은 홀아비바람꽃들을
팔로워로 거느리고
숲속의 중심이 된다

풍도바람꽃

뒤꼍의 댓잎이 마른 바람에 서걱이는 날이면
가슴 깊이 간직해 두었던 당신을 꺼내보곤 합니다
기러기, 가창오리들이 천수만과 금강하구의 기억을 품고
시베리아로 향할 때쯤 당신은 하얗게 꽃을 피우지요
그러면 꿀벌이 꽃을 찾아 날아들 듯이
많은 사람들이 당신을 보려고
뭍에서 이 섬으로 몰려듭니다
당신이 데려다준 노랑나비들로
그 섬 풍도는 봄빛으로 물들어 갑니다
당신의 향기는 겸손해서 나비들만 기억하거든요
햇살 고운 섬 자락에서 조금은 호기심 어린 모습으로
숨결 같은 작은 바람에도 온몸을 흔들며
당신은 늘 바다를 그리워했지요
그리움의 무게로 당신의 어깨가
바람에 쓸리는 풀잎처럼 굽었어요
볼 것이 많지 않은 이른 봄날의 그 섬은
당신 하나만으로도 화사하고 풍성해집니다
가장 빛나던 들꽃지기로서의 내 인생도
당신을 품은 그 풍경 안에 있습니다

꽃다지

봄밭에서 봄꽃들이
노랗게 익어가는 4월이면
문득 팬지꽃이 생각납니다

팬지꽃을 꽃차로 우리면
파아란 탕색*이
너무 아프고 그리워서
노오란 찻물로 변합니다
여린 바람에도 흐느끼는
수많은 꽃다지들이 됩니다

사는 곳이 같은
노란 꽃다지와 하얀 냉이꽃이
흐드러진 모습을 보면서 어떤 이들은
'이제 좀 그만해'라고
꽃다지들을 타자화하고 고립화하면서
무게*의 아픔으로 재단하려 하지만

어린 꽃다지들을 낳은 부모는
'영원히 기억할게'라고

시간과 장소에 관계하지 않는
질량*의 아픔입니다

꽃말이 소박한 사랑인 것처럼
엄마 아빠 학교, 자매 형제 친구들과
소박한 일상을 살고 싶었던 꽃다지

이곳이 노란 꽃밭일 때
그곳 팽목의 바다는
아직도 미안한 겨울입니다

14

동강할미꽃

나의 이름에서는 늘 서러움이 흐른다

물안개 곁에서
물소리 들으며
물냄새 맡으며

눈발 흩날리는 이른 봄앓이 끝에
시련 끝내고 보랏빛 꽃 더미로 핀다

눈부시게 화장을 하고 계절을 준비해도, 세상은
나를 장미꽃과 목련꽃의 순간으로 기억하지 않는다

꽃도 나무도 사람도 각자의 방식으로 살아가듯이
나도 내 가슴에게 '이젠 이름에서 자유롭자'고 말했다

민들레꽃

수줍게 햇살 앞세우는 봄날이면
사람들에게 긍정을 이야기하는 이 꽃을
도시에서는 가끔 보아요
호미처럼 등 굽은 농부들의 발밑에서는
어제도 보았고 오늘도 내일도 볼 수 있답니다
유독 복사꽃 아래에는 왜 그렇게 많은지
찔레꽃 피고 딱새가 우는 것과는 아무런 관계가 없어요
원산지가 서양인 것들과 우리 토종 사이의 관계도
그 근원을 알기 힘들게 되어버렸어요
더러는 그 구별이 무슨 의미가 있나 싶기도 해요
노랗게 눈 비비며 하늘만 바라보다가
때가 되면 하얀 날개에 깃털을 장착하고
머물 자리 가리지 않고 이곳저곳으로
수많은 새 생명들을 퍼뜨려 주어요
그 덕에 나는 연례행사처럼 봄마다
그중에 몇 개쯤 뿌리와 잎과 꽃까지
통째로 전을 부쳐 긍정을 먹습니다
꽃말이 사랑 행복 희망이거든요

봄맞이꽃

가냘픈 꽃대의 하얀 봄맞이꽃들이

숨결 같은 바람에도 온몸을 흔든다

흔들리는 것이 어디 너뿐이겠는가

생명이 있는 것들은 흔들린다

밥은 먹었니? 엄마의 한마디에 심장이 흔들린다

심장이 뛰는 이유는 사랑이 혈관을 타고 오기 때문이라는데

부정맥인 내 심장은 사랑 없이도 시도 때도 없이 흔들린다

하얀 첫사랑의 기억에 가슴 떨었고

기억 속 술잔에서는 그녀가 흔들렸다

강풍에 뒤꼍의 뿌리 깊은 굴참나무도 온몸이 휜다

흔들린다고 아파할 일이 아니다

나무든 사람이든 생명은 흔들려야 살 수 있다

생명이 없는 것들도 흔들린다

바람에 흔들려야 바다에선 물비늘이 피어나고

바람에 흔들려야 강물에선 달빛이 반짝인다

풀벌레울음 수줍고, 달빛 하얗게 쏟아지는 밤이면

숨결에도 신성리 갈대밭은 서럽게 흐느낀다

사랑이 무너진 겨울밤의 촛불도 어지럼증처럼 흔들린다

마른 풀잎이 온종일 바람에 쓸린다

쓸렸다 재빨리 일어나야 강인하고 끈질긴 시가 된다

증명할 수 있는 모든 흘러가는 것들은 흔들리고

흔들려야 비로소 모든 것들은 아름다워진다

봄맞이꽃들이 별밭 같은 이 봄에

너에게 다가가고 싶어 나도 온몸을 흔들었다

삘기꽃

오월이면
우음도와 그 곁의 형도에선
하얀 솜털 옷 입은
삘기꽃이 절정으로 피고

내 유년의 기억 저편엔
삘기꽃 하얀 속살로
늘 가난한 배를 때우던
눈물 같은 그리움이 있다

명자꽃

임의 입술 색깔 명자꽃
혼자 벙글어 혼자 벙글어

그립고도 슬픈 눈물 담아
시리도록 붉은 빛깔 명자꽃

다시는
내 숨결 안에 들어올 수 없어
시리도록 붉은 빛깔 명자꽃

산자고꽃

꽃 벗들에게 멀리서 산자고 꽃소식 전합니다

야미도 신시도 무녀도 선유도 장자도는
이제 군산에서 하나의 선으로 이어져 있답니다

봄볕이 쏟아지고 두릅 새순이 향기를 머금으면
산자고는 햇살이 누운 자리에서 피는 건 알지요?

신시도의 대각산 가파른 곳에서 꽃을 피울 때는
누구에게도 알리지 않고 혼자랍니다

사방이 바다로 둘러싸여 있기 때문이지만, 가끔은
갈매기 울음소리가 곁을 함께하기는 해요

흰색 바탕에 자주색 줄무늬로 꽃을 피우기 때문에
그곳 고군산군도에서는 봄꽃의 여왕으로 불리지요

더러는 날카로운 절벽과 절벽 사이에 자리 잡고
예쁜 만큼 접근을 쉽게 허락하지는 않아요

예쁘면 값을 한다고 친구가 그 꽃을 촬영하려고
다가가다 미끄러져 절벽 아래로 떨어졌어요, '꽃이 뭐라고!'

·

·

·

(뒷이야기) 다행히 절벽이 그다지 높지 않았고
짊어진 배낭 쪽으로 넘어져 가벼운 타박상만 입었어요

그러고도 힘겹게 절벽을 기어 올라가서 기어코
사진기로 그 꽃을 촬영하였답니다, '정말로 그 꽃이 뭐라고!'

저요? 저의 봄은 걱정하지 마세요
저는 거리를 두고 망원렌즈로 안전하게 그 꽃을 촬영했어요

목련꽃

목련꽃 그늘 아래에 서서
저음으로 가슴 적시는
콘트라바스 소리 듣습니다
콘트라바스 소리에 기대면
지치고 때 묻은 영혼이 씻깁니다
콘트라바스 소리에 귀 기울이면
속뜰에서 맑은 바람이 입니다

목련꽃 그늘 아래에 서서
홀로 있을수록 함께할 수 있다는
역설로 살고 있습니다
홀로 있다는 것은 명상이며
명상 속에서는 늘 자유롭기 때문입니다

목련꽃 그늘 아래에 서서
가끔 이별 연습을 합니다
가까이 있지만 먼 그대이기에
그래도
곱게 다진 기다림을 가슴에 안고
하루 종일 닳아지고 상처받아 시린 감성을
부드런 햇살로 다스려 봅니다

요강나물꽃

꽃에 대한 선입견으로 요강나물은 슬프다

비 갠 여름 하늘은 푸르렀다
사람의 손길이 드문 설악산 높은 곳에서
눈잣나무가 바람에 쓸려 누웠다
바위틈에서 바위종다리가 울다 가고
숲속에선 요강나물이 까맣게 자란다
동고비의 울음소리로 싹이 트고
멀리서 들리는 여름 호반새 울음에
요강나물은 힘겹게 흙빛 꽃잎을 연다
도무지 꽃 같아 보이지 않았다
세상은 그를 꽃이라고 규정하기를 꺼렸다
꽃잎을 활짝 열고 나비와 개미를 들이며
끊임없이 자신도 꽃임을 증명해야 한다
기쁨과 슬픔은 그 크기에 차이가 없는데
단순해서 오히려 아름다웠다
그가 부르면 여름마다 설악산을 찾아가
'너도 충분히 꽃이야', 증명을 도왔다

참기생꽃

아름다움이 죄가 되던 시절이 있었다
그녀는 예뻐서 슬펐고
슬픔은 차별에서 시작되었다
슬픔의 크기도 타의로 규정되었다
황진이의 슬픔이 그랬고 홍랑, 매창이 그랬다
시를 팔고, 춤을 팔고, 노래와 웃음을 팔았다
사랑이 없는 밤을 팔 때면
그녀의 심장은 얼마나 아팠을까!
서럽던 이승에서의 삶이 한이 되어, 그녀는
설악산 대청봉 어느 곁에서 꽃으로 현신했다
눈처럼 맑고 순백한 영혼으로
사람 대신 바람과 구름을 벗 삼으며
고산준령이 아니면 그 모습을 허락하지 않았다
바위종다리와 동고비, 호반새와 더불어
눈잣나무와 분비나무에게만 곁을 내어주었다
이제 그녀는 구름 위 가파른 곳에 자리 잡고
뭇 남성들을 발아래 무릎 꿇게 한다
소박하고 맑아서 처연한 그녀 앞에, 나도
사진기 받쳐 들고 엎드려 경건을 함께했다

제비동자꽃

그는 이제 기억일 뿐이다
도시에서 처마가 사라지고
빈집에 둥지를 틀지 않는 제비는
우리들의 봄에서 흔적을 지웠다
이 땅에서 제비들이 자취를 감추면서
덩달아 제비동자꽃도 보기 힘들어졌다
하늘을 차오를 듯 날렵한 제비 꼬리 형상
시뻘건 핏빛의 고혹적 자태
그가 여름 선자령 능선에
피로 써 놓은 아름다운 시였다
그에게 먹구름과 남획과 감바리들이 닥치면서
견디기도 전에 그는 슬픔이 되었다
물봉선과 바늘꽃, 마타리꽃들은 여전히 한창인데
그들은 너무도 빨리 지워졌다
그 많던 제비동자꽃들의 생애는
이제 기억으로만 우리 곁에 남았다

기린초꽃

표범나비, 기린초꽃에 입 맞추다

그렇게 꽃과 나비의 사랑은
산상의 화원
그 풍경 속으로 스며들어
한 점 들꽃이 되고 싶은
함백산을 경계한
만항재에서 시작되었다

노랗게 단장한 소녀의 사랑*
여린 입술에서 묻어나는 향기에 취해
표범의 위엄도 내팽개치고
나비는
어지러운 열정에
온몸을 불사르고 있었다

함백산의 채색된 운해와
스러지기 직전의 진홍빛 꽃노을로
붉게 타오르던 내 마음처럼

※ 소녀의 사랑 : 기린초의 꽃말

배롱나무꽃

오래된 고향 초가집의
마당 한쪽 장독대에는
가난했어도
크고 작은 항아리 가득했어요

칠월이면 볕 잘 드는 장독대 곁의
봄꽃 지고 오래 기다린 자리에서
연분홍 팝콘처럼
배롱나무 한 그루 활짝 꽃피었지요

샛별도 지지 않은
이른 새벽이면 늘
두어 뼘 밭떼기로
호미질 나가시던 어머니

기다리다 지쳐 불그스레 달아오른
배롱나무 꽃그늘 속에 누우면
꽃송이 서너 개 꽃향기 달고
입으로 떨어져 배고픔 달랬어요

지워졌던 슬픔의 끝에서
흔적처럼 피어나는
내 아픈 기억 속 얼굴 같은
그 어느 여름날의 배롱나무꽃

지금도 활짝 핀
배롱나무 꽃그늘 아래 서면
마음은 천날만날
그리움 곁을 달립니다

하늘말나리

너는 늘 하늘에 가 닿고 싶어 했지

너를 보려고 해마다 여름을 기다렸고

기다림은 바람을 타고 설렘이 되었다

잦은 빗방울들이 숲을 키운다

한낮의 여름 숲이 어두운 이유이다

그런 이유로 너를 만나는 것은 쉽지 않았어

숲에서 너를 만나려면

여름의 밑면을 포기해야 했지

그게 너를 사랑하는 세상의 법칙이었어

해마다 한결같은 사랑으로

잎은 제 몸을 감싸 돌아 나고

잎과 잎 사이에선 나비들이 꽃으로 피었다

그 꽃들은 누구에게나 그윽한 꽃멀미 내어주고

주홍빛 꽃잎으로 한낮의 어둠을 밝힌다

꽃을 허락한 여름 숲은 행복하다

타래난초

내 어릴 적
할머니의 반짇고리 속
오래된 실타래 형상으로

산길을 헤맨 뒤
인적 드문
어느 무덤가 양지에서

이승에서의 서럽던 삶
외롭지 않으려고
벌레울음, 이슬과 더불어

복숭앗빛 볼 닮은
타래난초가
밤낮으로 애틋함 감아올린다

모데미풀

차가운 땅속에서
겨우내 꿈만 꾸다가

바람 끝에서 물씬 풍기는
풀꽃 내음에
봄인가 싶어 세상 밖으로
고개를 살포시 내밀었지

맑은 물가에 피어
맑은 물소리 닮아
청초한 모습으로
봄에 품격을 더하지만

세상은 아직
겨울색을 지우지 못해
꽃잎도 꽃술도
찬바람에 멍들고 시들어

마주 보면 안타깝고
돌아서면 그립다

금강초롱꽃

너는 늘 많은 이들에게 회자되곤 했어

내 시간과 공간도 언제나 네가 점령했어

누군가 너를 화악산에서 보았다고 했어

그때가 여름의 끝이거나 가을이었다고 했어

숲을 비집고 들어온 아침 햇살을 받으면

너로 인하여 그 숲은 빛이 났고

너로 인하여 네 곁의 닻꽃과 동자꽃

물봉선에게 연민이 갔어

그만큼 너는 눈부셨고 경이로웠어

너를 품은 숲이 빗장을 풀면

가슴 가득 네 향기를 담아오곤 했어

그 향기로 각시와 신랑의 청사초롱에 불 지폈어

너도 줄기 끝에 초롱 하나씩 달고

스스로 어둠을 밝혔어

물매화

바람 스치고, 두메산골에 물매화 피고

그런 가을이면 나는 난감하다

죽도록 고운 너의 자태가 눈가에서 아른거리고

기억 속의 너는 늘 그리움이지만

너를 보러 가는 길은 너무 멀어

그런 가을을 나는 감당하기가 어렵다

그래도 새벽 빗속을 덕산기계곡으로 달렸어

물가의 젖은 풀잎에선 투명한 물방울이 구르고

꽃잎 다섯 장에 빨간 꽃술의 매화 형상은

언제 봐도 수줍고 가슴 설레게 해

설렘도 나를 난감하게 하지만

가녀린 꽃대로 가을을 머리에 이고

때론 외롭게

때론 고운 이를 만나 사랑하면서, 너는

보는 이들의 가슴을 흔들며

청초하게 물매화로 피어나고 있었어

나이 들어가는 나에겐 그런 가을이 난감하다

매화노루발

너를 처음 보는 순간
순수가
비처럼 마음에 내려
그리움으로 자리 잡더니

이젠
말빛이 발길을 이끌어
해마다
작아서 무릎 꿇고
경건을 함께하는 들꽃

큰꿩의비름

햇빛을 받고

햇빛을 등지며

가을에도 여전히 들꽃 찾아 헤맨다

길 위에 발자국 남긴다

길 아닌 길에도 흔적이 남는다

마른 계절 속에서 켜켜이 쌓여간다

발길 따라 걷다가 너를 만났지

존재가 예사롭지 않았어

너는 산성의 거친 암벽 틈에 뿌리를 맡겼지

너를 키운 건 이슬과 안개뿐이었고

바람은 너에게 가 닿지 않았어

그래도 너는 세상의 답답함에서 벗어나

거리낌없는 야생의 본질을 지녔어

지난 가을처럼 은밀한 향기로 꽃도 피웠어

그런 너의 세상은 비 갠 휴일의 아침처럼

누구보다도 자유로워 보였어

나도 너처럼

들꽃으로 저만치 들녘에 서고 싶었어

수크령

넌 누구니? 난 수크령이라고 해요 이름이 좀 낯설죠 봄여름 보내고 가을 강물이 투명해질 때쯤 나도 꽃을 피워요 예쁘고 화사한 꽃잎도 꽃술도 지니지 못했지만 엄연히 꽃이랍니다 화려한 겉모습만 좋아하는 세상이지만 길가나 들녘을 떼로 물들이면 나도 나름 괜찮은 가을 분위기를 연출한답니다 얼핏 보고 강아지풀과 혼동하는 분들이 있는데 나는 강아지풀보다 훨씬 크고 꽃차례도 열 배는 될 겁니다 꽃색도 진하고 소의 힘줄만큼 질겨서 강인한 생명력도 지녔어요 질기고 강인한 나의 속성이 결초보은이라는 고사성어를 낳기도 했지요 결초보은의 초(草)가 바로 수크령이에요 요즘 세상 어쭙잖은 인간들보다 훨씬 낫지요!

쑥부쟁이꽃

나를 깨운 건
새벽 세 시
창살로 스며든
서녘 하늘의 보름달빛

눈이 너무 부셔서
꽃색 하얗게 달아오른
그 새벽을 달려

쑥부쟁이 꽃밭에 내려앉은
들꽃 향과 함께
그 꽃잎을 덖고 덖어서
꽃차로 우려 마셨어

꽃말인 그리움이
언어가 되어
종일토록 입가를
폴폴거렸어

연꽃

비 오는 아침의
비 내리는 연밭은

밤새 내린
지금도 내리고 있는
비의 무게로

연꽃들이 모두
겸손의 몸짓이다

부처의 합장처럼
내 안의 당신처럼

산비장이꽃

외로운 산기슭
무덤가에서 피어
부모님 지극한 사랑 모시느라
밤낮으로 긴 숨 들이쉰다

해마다 날마다
삼 년 서러움을
곁에서 지키느라
그 서러움에 물들어

살아온 날도
살아갈 날도
바람결에
진한 애틋함 내어준다

들바람꽃

듣고 있나요?

굳게 닫아놓은
시간의 문을 나서면서

문 안쪽의
지치고 아픈 기억들을

들바람꽃으로
색칠하는 소리를

너도바람꽃

항상 봄의 첫 문장인 당신은
바람으로 꽃을 피우고
그 바람으로 꽃이 집니다
바람 불면 그 바람과 살포시
살을 섞어 인사하는 그대

훌쩍 커버린 나뭇가지 사이로
제비꽃 양지꽃 현호색 사이로도
맑고 오래된 악기 소리가 되어
내 마음의 창을 찾습니다

그러면 너도바람꽃은
시가 되고 노래가 되고
봄의 향기가 되기도 합니다

그대가 좋아하는
햇살이 되기도 합니다

그대가 피워낸
열정의 순간을 걸어 놓을
눈짓이 되기도 합니다

노루귀꽃

서로 바라볼 수
있을 만큼의 거리에서
그리워하며 살다가

그리움이 깊어지면
그만큼으로 굽어지고

굽어지는 만큼
다가서는 사랑

억새꽃

억새꽃, 하고 부르면
너의 생각이
은빛 바람으로 피어
마음속으로 번진다

햇살이 머문 자리에서
가냘픈 잎새에
솜사탕 같은
하얀 깃털을 달고

작은 바람에도
온몸으로 너울거리며
은빛 물결을 이루는
너를 바라보면

마음속 그리움도
흰 구름 하얗게 내려앉은
따뜻한 커피향처럼
무상으로 나부낀다

2부

삶을 머금다

고샅길

고샅길은 어릴 적 이야기들의 은신처였다
초가집과 골목길은 가난했고
가난은 언제나 입에서 시작되었다
봄, 여름은 늘 배가 고팠다
여름이 끝나고 가난이 익숙해질 때쯤
고샅길 돌담 곁에서 고염이 익어갔다
떡메 치는 소리만으로도 배가 불렀다
달빛으로 숨바꼭질 놀이, 말타기 놀이를 했다
그런 저녁이면 고샅길에서 허기졌다
누구에게서도 슬픔의 흔적은 없었다
그렇게 고샅길은 모세혈관처럼 팔딱거렸다
가끔 지나가는 바람이 창문 두드릴 때면
벗들이 흘려놓은 웃음소리를 소환한다
가난했던 고샅길의 추억이 그리워지는 날이다

꿈

내일은 시베리아에서 유입되는 한파로, 전국에
강추위를 동반한 폭설이 내릴 거라는 예보를 들었는데

창문으로 내다보이는 집 앞 텃밭에는
믿기지 않게도 복사꽃이 활짝 피어 있었어요
복사꽃이 피는 것도 복사꽃이 저무는 것도
유난히 좋아하던 네가 생각났어요
이미 나를 지웠을 텐데, 그래도
내 가슴에 피웠던 그 꽃의 기억으로
네 이름 한번 불러 보았어요
한때 복사꽃 터널을 멋지게 사진 프레임에
담아내는 촬영기법을 열정적으로 알려주던
너의 모습도 떠올려 보았어요
내 몸 구석구석에 흔적으로만 남아 있던
네 이름과 너의 모습이 반가워
대문 열고 활짝 핀 복사꽃 곁으로 달려갔더니

복사꽃은 온데간데없고, 시린 마음에
듬성듬성 눈발만 흩날리고 있었어요

딸, 아들에게

사랑하는 딸, 아들아!
이 광대무변한 우주 공간에서
그리고 수많은 사람들과의 관계 속에서
내가 너희들과 부모 자식으로 만나
평생을 함께할 수 있어서 참 행복했다

아름다운 이 지구별에서
딸, 아들로 만난 너희들 때문에
하루하루를 여행하는 것처럼
즐겁고 행복하게 살 수 있었단다

늙어간다는 것이 함께 공유할 수 있는
추억을 쌓아가는 것이라면, 나는 비록
너희들의 나이 든 모습을 보지는 못했지만
나의 늙음은 너희와 함께해서 행복했어

그러니 때가 되어 하늘로 돌아가는
나의 죽음을 슬퍼할 필요는 없단다
너희들도 내일이 아닌 지금 이 순간순간을
즐겁고 행복하게 살기를 바란다

그러다가 혹시 저 세상이 있다면
내가 먼저 허락받은 만큼의 삶을 다하고
너희들도 오래오래 살다가
나이가 들어 이 세상을 하직하게 되면
그곳에서 우리 다시 만나면 좋겠구나

그땐 우리 모두 늙은이로 만나게 될 텐데
부모 자식 사이의 구별이 뭔 의미가 있겠니
그저 한 가족으로 다시 만나
곁에서 함께 바라다보는 것만으로도
그것만으로도 나는 행복할 것 같구나

그랬으면 좋겠다
그랬으면 정말 좋겠다

ANGELLO
13

그런 날이 있어

그런 날이 있어
세포가 아팠고
바람이 얼어붙었고
너에게 가 닿고 싶은 간절함이
비에 젖고 싶은 마음

그런 날이 있어
어떤 그리움에 치이고 상처받아
축축해진 요즈음을
배롱나무꽃 햇살로
보송하게 말리고 싶은 마음

그대 아직도 바다를 꿈꾸는가?

법성포에 가면 박제된 조기들이
생명을 빼앗긴 채 살아서 널려 있다
한낮의 거리는 그들에 대해서
아무런 비극도 전하지 않는다
다만 도로변 가판대 위에서
목울대가 제거된 채 아우성이다
식탁에 오르기 전까지
한때는 그들도 자유였다
안부를 묻고, 불행도 없이
서해 일망무제를 유영했다
지금 그들은 죽음을 감추고
패턴으로 남아, 지나가는
또 다른 자신들을 순정처럼 바라본다
그대 아직도 바다를 꿈꾸는가?

푸른 그림자

만항재 눈밭이 그림자를 맞이한다
그림자는 파란 이유를 말하지 않는다
한 번도 까만 밤과 함께한 적이 없는
꿈과 그리움을 추억해 내며
제 마음의 무게만큼으로 누워 있을 뿐이다
결코 불안한 것은 아니야
온기가 그리워서일까?
아니 생의 파장 때문일 거야
어쩌면 갈망과 연민일지도 몰라
생각이 믿음이길 바라지만
겨울 햇살은 봄날보다 짧고
색칠한 그림자는 지워지겠지
그것이 그림자의 일생이다
살아 있을 때를 말할 뿐이다

늘 그랬듯이

늘 그랬듯이
시린 바람과
눈보라가 내어준 자리에

올해도 어김없이
눈부신 햇살로 치장한 봄이
우리 곁을 찾았고

흩뿌리는 꽃잎 사이를
벚꽃엔딩이 흐르지만
암울한 시류인 코로나 팬데믹이
그 질서를 흐리고

더 이상 아무도
봄꽃과 봄바람
넘실대는 봄의 기운에
눈길을 주지 않는다

봄,
그리고 일상이 많이 아프다

사월이면

사월이면 세상이 온통
슬픔으로 물들고

우리들 가슴으로
피지도 못한
새싹들이 내려앉는다

마음이 시리다

들풀처럼 살다 간 당신

들풀처럼 살다 간 당신!
육신의 벽이 헐리자 날아오르는 하얀 새
하늘 그림자에 파묻혀 흔적조차 없어집니다
이별은 하얗게 뿌려지고
남겨진 숨결은 그대로 슬픔이었습니다

폭력적 현실에 떠밀려
이 세상 떠나기 직전까지도 당신은
뼈에 저리도록 숨 막히는
칠 일을 살았습니다
책을 읽을 수도, 글을 쓸 수도 없는
칠 일을 살았습니다

우리가 화사한 햇살 속에서
애써 들꽃에 취해 있을 때
당신의 오월은 온통
길고도 고독한 시간들이었습니다

하얀 국화꽃 향기에 파묻혀
희미하게 미소 짓던 얼굴

당신을 그리던 대한문의 그날도
웃음 뒤의 슬픔이 많이 읽혔습니다

땅에 묻고 가슴에 묻던 날은
가는 길보다도 돌아서는 길에
유난히 낮달이 서러웠습니다

그저 자연의 한 조각으로 살아가려는
소박함조차 강탈당하는
그런 숨 막히는 세상에서
우리들의 슬픔은
죽어 당신 되는 날의 아득함입니다

당신은 없지만 당신의 세상을 살아갈
그 어느 새날이면 들풀과 어우러져
우리 곁으로 돌아오겠지요

편지

너는 늘 설렘을 주는 편지였고
같은 이유로 통증이었어, 그래도
오지 않는 편지를 기다리며
내 마음의 뜰을 쓸었어
오지 않을 메시지를 기다리며
처마 끝에 호롱불 밝혔지
준비 안 된 빈 가슴을 쓸어내렸다
어느 가을날의 화사한 햇살처럼
함께 했던 시간의 편린들이
퍼즐로 맞추어져서 되살아날 때면
그 시간들을 들여다보며 행복했다
하지만 위로는 잠시 머물다 떠나는 순례자 같았어
항상 네 심장의 첫 문장이면서, 너의
헤드라인이고 싶었던 내 가슴은 금이 갔고
이젠 편지 속의 감정과 단어들을 지워간다

폭염

작열하듯 팔월의 태양은 불투명하고
갈매기의 울음소리는 절망한다
고요는 어떠한 신념도 거둬들인다
나를 따라온 비릿한 여름 냄새는
의식조차 후텁지근하게 한다
파도 소리조차 투명해지는 한낮엔
살아 있는 모든 것들은 말라간다
단지 영종도의 갈라진 갯벌 사이에서
소금 잔해가 미세한 열정을 피워낼 뿐이다
혀끝으로 흐르는 짠맛이
살아있음을 부정하지 않기 때문이다
가끔 세상이 읽히지 않을 때도 있지만
시간이 태양의 날카로움을 지우고
저녁이 바람으로 내리면
한낮의 불길했던 풍경은 사라진다
의식도 어둠을 건너 차가워진다
새빨간 장미 한 송이가 생기로 피어나고
새빨간 열정이 의식 뒤편에서 날아오른다

첫눈 내리는 날

겨울색 짙어가는 십이월의 흐려진 오후 요즈음 반 아이들에게 공연히 트집과 짜증을 냈더니 눈치와 아양 사이에서 간절하다 아이들의 눈빛에 생기가 쏟아져 내리던 첫눈 내리는 날, 기회를 잡은 듯 "들꽃지기님! 창밖을 보세요 세상이 온통 흰 눈이어요" 학생들의 성화에 못이기는 척 카메라를 챙겨 들고 "자, 그럼 옆 반 모르게 살금살금 꿈담길로 모여" 펑펑 내리는 눈 속을 비집고 한창 추억을 담고 있는데, 아이들은 근래 들어 걸핏하면 짜증내는 담임을, 사진 모델이 되어 위로해 드리자며, 주문하지도 않은 여러 포즈를 취해 주었다 첫눈 내리는 시간 내내 덩치만 컸지, 속내는 여린 아이들과 웃음으로 함께 했던 날 아이들의 마음에는 폭설이 내렸고, 내 웃음 뒤엔 마음이 뭉클했던 첫눈 내리는 날이었다

함박눈 내리는 날은

교정 곳곳에 꽃잎 흩날리듯
함박눈 내리는 날은
추워도 포근하다

야자와 내신과 학원으로 내몰리는 학생들과
밥상의 무게에 짓눌리고 지친 가장들로
도시의 일상은 늘 우울하다

함박눈 내리는 날은
그런 도시의 일상에서 우울이 지워지고
우리들의 가슴에서 사라졌던
눈사람 만들기
눈싸움 같은 동심이 되살아난다

함박눈 내리는 날은
아이들이 만들어 놓은 눈사람
아이들의 눈썹과 머리 위
아이들이 흘려놓은 웃음에도
정겹고 하얗게 추억이 쌓여간다

※ 흑성산 : 충남 천안시 목천읍에 있다. 정상에 오르면 독립기념관이 한눈에 들어온다.

흑성산에 올라본 사람들은 안다

새벽이면 독립기념관을 에워싸고 안개가 자욱이 서린다
흑성산에 올라본 사람들은 안다
쉽게 증발하지 않는 안개가 있다는 것을
독립기념관을 휘돌아나가는 산방천의 안개와는 다르다는 것을
안개에 점령당하는 것이 아니라 스스로 피워낸다는 것을
붉은 여명 빛에도 쉽사리 스러지지 않는다는 것을
열사들의 한의 입김이 안개가 되어 피어난다는 것을
수많은 절박했던 심장들의 노래라는 것을
슬프고도 아름다웠던 이들의 먹먹한 숨결이라는 것을

해체

누구나 지나온 삶 중
그 어느 지점을
해약하고 싶을 때가 있다

내 어느 한때
가슴에 지녔던
따뜻한 본질과 관대한 위로
오월의 향기 같은
풀꽃들의 사랑도

이젠 해체된 언어가 되고
농담이 되고
젖은 흔적이 되어
꿈에서조차 낯설고 무겁다

타임슬립

가끔
타임슬립을 꿈꾼다

한때는
실천적 행복처럼
아름답고 빛나던
그 어느 지점을

이제는
안기지도 못하고
먹물로 일렁이기 전
낮과 밤의 경계와 같은
블루아워!

푸른빛으로 흩뿌려진
비애처럼
삶조차도 시리다

두통

꽃이 피고 시간이 흘러도
내 머리는 필터링되지 않은
미세 먼지처럼 늘 뿌옇다

시티 촬영 후 차가운 청회색 필름 속의
하이얀 뼈들 사이에 깃들어 있는
읽어낼 수 없는 통증들이
고속 촬영 속 먹구름처럼
빠른 속력으로 흘러가 버리길 바랐다

오후 세 시면
나른한 햇살 속으로 스며들어
화사한 들꽃들 곁에서
잠시 졸아도 보고

짧은 휴식 끝에 남기고 간
아이들의 웃음소리가
짙게 배어 있는
꿈담길을 걸어도 보고 싶은데

인식이 경계를 넘어서면
퍼렇게 날 선 통증이
머리 깊숙한 곳을 자리 잡고

하얗게 바랜 사진 속
오래된 형처럼, 거기는
내 의지와는 다른 규칙이 적용되는 곳

교회당

여산 호산리 작은 마을에 가면
빨간 지붕의 작은 교회가
은총으로 오가는 이들의
발걸음을 붙들고

낮 열두 시면 교회당 종루의
소박한 종소리가
소박한 사랑으로 피어올라
세상의 온갖 경계를 지운다

맑은 영혼들

십일월의 풍경 속에서는
더 이상 설움이 아니었다

눈에 담기는 순간부터
가슴은 설렘으로 일렁였다

살짝 보이는 얼굴의 옆모습
구름을 밟는 듯한 걸음걸이는
눈부신 청아함, 달관
그리고 관음의 미소였다

버려서 행복해지는 맑은 영혼들!
닮고 싶은 삶의 모습이었다

3부

그리움을 찍다

어느 초겨울 안개 속 주변처럼

눈을 뜨고
가슴을 열면
잃어버릴 것만 같은 두려움

그 안에 혹시
내 언어, 내 시선, 내 숨결이
흩어져 사라지지 않고
잠시라도 남아 있을까?

같은 마음의 색깔
같은 정서적 무늬였을 때
내 눈에 나는 없고
온통 너로만 가득 채워져 있었는데

이제는
기억조차 떠올릴 수 없는
어느 초겨울 안개 속 주변처럼
마음속 그리움도
점점 지워지고 희미해져 간다

고백

하고 싶은 말들은 두고 왔어요

담고 다니면 들킬 것 같아서요

내 살갗은 두껍지 못해서

가끔 비비크림을 짙게 바르기도 하지만

설렘이 말빛으로 튀어 다녀요

당신이 반기신다면

낯빛을 꾸미지 않을 거예요

하얗게 바래버린 마음에

들꽃 하나 키울 거예요

허락된다면 그대의 뜨락에는

찔레꽃을 피우고 싶어요

그 꽃향기에 물든 들꽃의 마음이

하지 못한 말들을 고백할지도 몰라요

그대 아직도 누군가 그리운가

햇살이 가져다준 오후의 온기가 저문다

시린 눈 끝에서 부는 바람이

달천에서의 지난 삼 년을 지워간다

그때 네 가슴은 영하(零下)로 가득 차 있었어

네 눈에서는 늘 겨울이 읽혔지

기다려주지 않는다고 탓하지 말자

내 가슴에서 봄은 멀고

너와 나와의 밤은 짧았어

팽나무 가지 끝에 매달린 잎이 떨어지기를 거부한다

쓰라린 영혼으로 영원을 살고 싶었어

애틋한 발끝 그림자에서 부서지고

내 몸은 흔들려서 하얗게 뼈만 남았다

그대 아직도 누군가 그리운가?

전신주

내 어릴 적 기억에는 온기가 있다

온기가 그리움이라면

모든 것들은 그리움에서 시작한다

신작로가 있다

미루나무 가로수가 있다

미루나무 곁을 달리던 전신주도 있다

그 전신주로 꿈이 오고 갔다

전신주를 품은 신작로 끝에는

가슴 설레는 세상이 있을 것 같았다

햇살 좋은 날이면 미루나무 그늘 아래에서

그 잎새들이 전하는 소리를 듣곤 했다

세상 소리는 전신주를 타고 오기도 했다

그 소리에 아리도록 가슴 떨었고

마음은 두려움 끝을 달렸다

지금도 아스라한 전신주를 볼 때면

작아서 따뜻했던 어린 날의 꿈을 기억한다

무의도 너머 금빛 노을 속으로
바다가 지고 있어
새들도 따라 지고
노을빛 얼굴도 스러져 가고 있어

눈을 감아도 보이고
조각난 생각으로도 느낄 수 있는데

그립다

가슴 떨었던 기억에 조바심하다가
잠이 들었어
꿈속에서 너를 볼 수 있을 것 같아서

고개 숙이고 발끝 그림자로
하루를 보냈어
하늘을 쳐다보면 네 얼굴이 그려질 것만 같아서

그립다는 것은
애틋한 마음이 멀리 유랑을 떠나서
마음이 온통 고독처럼 비어 오는 것인가 봐

그래서
그리워도 그리워도 그리운 것인가 봐

그만큼만

지울 수 있을 만큼만
버릴 수 있을 만큼만

그래서
홀가분해질 수 있을 만큼만

그리움에 얹혀 있는
스러질 저녁 햇살만큼만

네 눈동자에서 피어나던 오월의 향기가
더 이상 읽히지 않아도 괜찮을 만큼만

세상의 전부라던 너의 속삭임이
바람의 결을 타고 흩어져 사라지더라도
아프지 않을 만큼만

네가 떠난 뒤에도 한 움큼의 초조가
잠시 머물 수 있을 만큼만

머물다 떠난 자리에서 찬바람만 불어도

가슴 시리지 않을 만큼만

시린 마음에 흔적으로만 남아 있던 기억조차
지워져도 견딜 수 있을 만큼만

가슴 속 숨이 멈춰서 더 이상
떠올리지 않아도 될 만큼만

그만큼만

착각

많은 것 바라지 않아요
마음 한 편 보내면 한밤중 주무시다가도
제 슬픔인 줄 알고 읽어 주면 되어요
답장 곁들이면 많이 행복할 거예요

많은 것 바라지 않아요
짧지만 함께했던 삘기꽃의 추억
가끔 그 기억에서 지워지지 않는다면
그것만으로도 행복할 거예요

많은 것 바라지 않아요
그대 곁이 허락되어 그대 곁에서
그대의 심장 속으로 떨어질 수 있다면
그것만으로도 행복할 거예요

많지 않다고 생각했던 나의 바람이
어쩌면 그대의 심장을 무겁게 한 것 같아요
우리들의 시간은 꿈이었을 지도 몰라요
이제 그대를 향한 문장들을 지워야겠어요, 안녕!

※ 아버지 돌아가신 뒤 7년 후 2023년 12월에 어머니 영면에 드셨다.

어머니의 밥상에서 종종 길을 잃곤 했습니다
아버지 떠나보낸 지 겨우 석 달인데
어머니의 환한 미소도
미소 끝의 따스함도 점점 희미해져 갑니다

어머니는 더 이상 밥상을 차리지 않습니다
영혼조차도 과거와 현재를 넘나들고
아들 며느리 손자, 자신과도 이승에서의
인연의 기억들을 하나둘 지워갑니다

아주 가끔
어머니의 마른 눈가가 촉촉이 젖어들면
내 가슴에서
시린 바람이 부는 날입니다

아주 가끔
나를 보고 희미하게 미소 지으면
어머니 가슴에서
꽃이 피는 날입니다

아주 가끔
밥은 먹었니?
숨은 쉬고 다니니?
엄마의 한마디에 심장이 아파옵니다

아버지 떠나보내던 날

오래된 고향집에서 그보다 더 오래 사셨던
한 잔의 반주에 영혼까지 불콰해지셨던 아버지
당신 찾아뵙고 돌아설 때면 문밖에 서서
오래도록 아들의 그림자 너머까지
손 흔들며 배웅하던 모습이 눈에 선한데
늘 그 자리에 서 계실 것만 같은데
뒤돌아봐도 이젠 빈자리에 바람만 스친다

하얀 국화꽃 속에선 희미하게 미소 띤 모습으로
남은 자의 슬픔을 애써 견디셨다
섭씨 천이백 도에 육신의 벽이 헐렸다
이승에서의 삶과 인연들이 모두 지워졌다
이별은 하얗게 한 줌 뼈로 날아올랐다
아버지 보내드리고 돌아오는 길 위에
이른 낙엽 몇 장이 선혈로 뒹굴고
가랑비가 오래도록 슬픔으로 내렸다

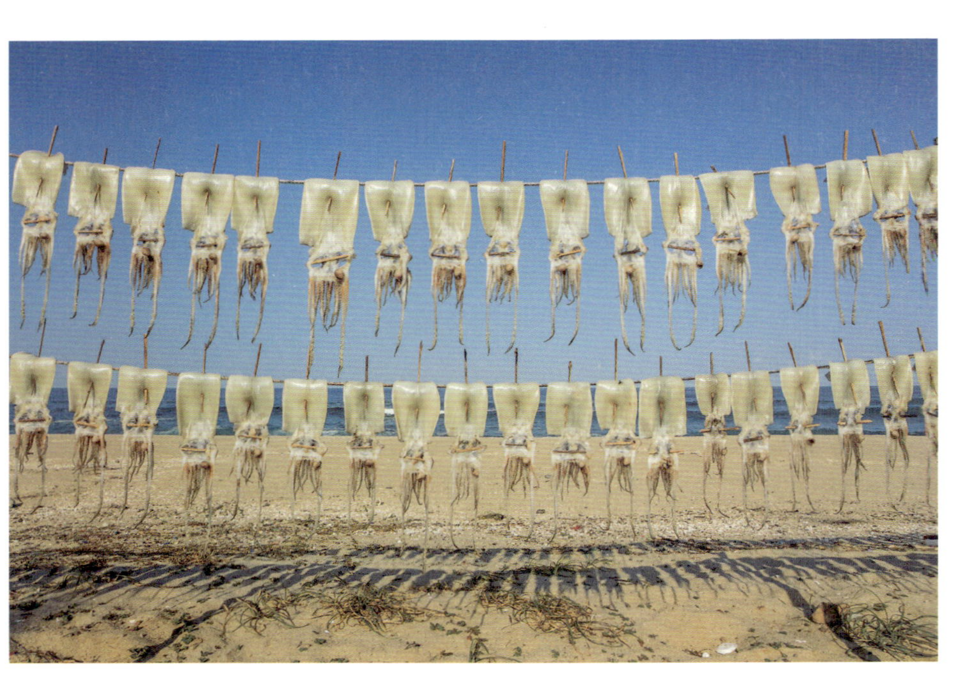

오징어의 주검

사진을 봐

하늘은 파랗게 가을빛이야

바다에선 물비늘이 헤살거리고 있어

사진 속 다른 풍경도 봐

오징어들이 주검으로 가지런히 널려 있다

바람에 나부끼는 빨래인 줄 알았어

그들도 한때는 자유처럼

동해 바다를 풍족히 오갔을 거야

서로의 눈동자를 바라보며

불안 없이, 거침없이 질주했겠지

이제 주검들은 제 그림자만 바라본다

주검들 사이로 바람이 지나가고

생각이 많아진다

강릉의 커피거리가 전해주던 커피향

봄날의 눈부셨던 고백들

바꾸지 못한 세상

들꽃지기의 은밀한 풀꽃 향기

바람이 그들을 무채색으로 데려갔다

보고 싶다

너에게
하고 싶은 말

너에게서
듣고 싶은 말

"보고 싶다"

외딴집

밤사이
차가운 풀잎의 시간이 만든 함박눈이
바람조차 투명해지는 시린 새벽이면
논두렁 밭두렁 소복이 덮고
나뭇가지 끝마다 하얗게 눈꽃을 피웁니다

이따금
온몸에 차가운 공기를 달고
막걸리 냄새 넉넉하게 풍기는 날이면
노릇한 국화빵 한 봉다리
따뜻하게 품고 오시던 아버지

마당에 난 당신의 발자국마저 지워지면
그믐달 걸린 외딴집은
그리운 섬으로 남습니다

마음은 널 잊지 못하는데

가을이
바람으로 오더니

머문 듯
가슴에서 빠져나갔다

나뭇잎 떨구고 간 빈 가지 끝에
숨결로 매달렸던 그리움도
하얀 햇살에 눈꽃 스러지듯
가장 고요하게 혼자 가버렸다

마음은 널 잊지 못하는데

충무로 어느 카페

충무로 어느 카페에서
온종일 갇혀 있던 커피향을 가르고
오래도록 함께했던 기억으로
내 앞에 앉은 그대

온몸은 비록
단풍잎 같은 남루를 걸쳤지만
그가 지니고 온 바람은
깊고 푸른 에메랄드빛 바다향

나의 십일월 속에서도
그의 선한 눈동자에선
그리움 짙은
오월의 신록이 읽혔다

블루아워

그해 여름 하늘은 잿빛 설움으로 가득했다

그 설움에 물든 빗방울이

가슴을 퍼렇게 후려치던 시절이었어

그런 날이면 종일토록 흘러내리던 블루아워!

햇살이 전부이던 때에도

결코 닿을 수 없을 만큼의 거리였다

가을이 왔어도

심장은 바람에 쓸리는 마른 풀잎 같았고

기다림은 여전히 발끝에 머물렀다

마음속 깊이 피워 둔 등불이

까맣게 재가 되었고

가슴 떨었던 기억이

비로소 달빛 아래에서 고요해졌다

그 기억에 대한 그리움은 변함없이

읽힐 수 있는 거리에서 서성이는데

사랑은

사랑은
북어처럼 야윈 그대 가슴
어디에도 머물 수 없기에

사랑은
비에 젖어 촉촉한 마음속에서
그믐 같은 꿈만 꾼다

지금은 관념이다

계절이 흐르기 전
유형으로 존재했던 달천의 흔적도
어느 십이월의 초겨울 빛으로 스며들어
흐려진 기억 같은 주변이 되어
지금은 관념이다

그 호숫가 여명일 때
투명한 그림자 속에서도
눈부신 선혈 같은 물안개 속에서도
내 안의 그
그이기도 했던 나는
뚜렷한 실체로 남아 늘 중심처럼 견디었다

계절이 흘러 이젠 나도
야윈 가슴으로 남고, 그도
지워지지 않는 아득한 거리로만 남아
아파서 들꽃이 되었던 처음처럼
그리움 몇 조각
가슴 깊은 곳에서 금잔화로 피었다

함께여도 늘 혼자인 것처럼

내 마음 구석구석을 지배했던 이름
내 마음의 길이기도 했던 이름
그 이름이 농담처럼 가벼워져서
아무것도 아닌 것이 될 때까지는
참 많은 흔들림의 시간이 필요해요

부재의 지속성이
그대를 절실히 갈망하게 하지만
차라리 누군가를 좋아함 없음이
더 많은 행복일 수 있어요
삶이야 좀 팍팍하겠지만
좋아함은 지독한 패러독스잖아요

오랜 흔들림의 시간 끝에서
만나게 되는 그리움은
함께여도 늘 혼자인 것처럼
쓸쓸한 뒷모습만 남겨두고
가장 낯설게 돌아섭니다

4부

자연에 귀 기울이다

다랑이논

나는 늘 비에 대한 그리움으로 살아왔다
산골짜기의 비탈진 논배미는 고단했고
고단은 천 년을 그 모습 그대로 이어 왔다
비탈진 논배미에서 샛별이 어둠을 건넜고
바다가 먹물로 일렁일 때 저녁을 알았다
어머니와 아버지는 결코 눈물을 보이지 않았다
봄이 오기 전에 젊은이들은 도시로 떠났고
개발이란 이름이 그 천 년을 지우는 데는
그렇게 많은 시간이 필요하지 않았다
소도 쟁기도 그리움도 논배미에서 사라졌다
직선의 피로감과 관광객들이 흘리는 웃음이
젖은 눈빛으로 나에게 걸어왔다

내 고향

그곳은
때 묻지 않은 햇살과
다듬어지지 않은 날것의 바람
진취성을 가진 새들과
신념의 농토

그리고 아침의 온기 같은 소박한 내가
지평선을 독차지하고
바람의 결을 타고 들려오는
닭 울음소리가 창문을 두드리면
내 하루가 시작되는 곳

귀 기울이면 들리는
거기에 있는 새와 바람 소리들

눈 감으면 떠오르는
거기에 있는 흙과 풀꽃 냄새들

감의 일생

탁자 위에 잘 익은 감 하나가 놓여 있다
철마다 다른 색깔의 지평선을 볼 수 있는
그곳에서 내가 키워봐서 안다
오월의 감나무 어린잎 사이에서 바람이 울고
곤줄박이들은 빛을 그리워한다는 것을
새참으로 민들레꽃을 통째로 전을 부치면
콩기름 냄새가 감나무의 꽃잎을 열었다
콩기름이 아니라 몸에 좋다는 카놀라유였을 거야
햇볕이 머무는 감나무 곁에 더덕 종근을 심었다
뿌리 내리고 더덕 새싹에 녹음이 지기도 전에
땅속에서 두더지가 뿌리와 줄기 사이를 끊었다
텃밭이 내다보이는 뜰에서 미안했다
백마강변에서 억새가 은빛 물결을 이룰 때쯤
텃밭에선 무와 배추, 사과와 감이 익어갔다
내 마음의 밭에선 어떤 가을이 여물고 있을까
탁자에 홀로 놓인 잘 익은 감이 궁금했다

소양강

봄 여름 가을 겨울의 춘천은
왠지 늘 봄일 것만 같은데

영하 십칠 도의 소양강은
잎이 진 마른 나뭇가지마다
하얗게 서리꽃을 입히고

여백 없이 차갑게 피어오르는 물안개가
도시를 스며들어 그 도시를 지우고
정오의 햇살이 물안개를 지우기 전까지

추워야 아름다움이 피는 곳
소양강은
다분히 몽환적이고

문득
시린 손끝에 쥐어진 전화기로
누군가에게 안부를 묻게 한다

구름의 기억

흑성산에 구름이 흐르고 있다
흐르는 구름은 사진 프레임 속에 갇힌다
흐르지만 갇힌 모순은 해소되지 않는다

구름은 스스로를 기억처럼 규정할 뿐이다
먹먹한 숨결이 피어오른 것이라고
슬픈 심장들의 노래인 것이라고

산방천을 바라다보며 그의 기억에
마음이 흔들리고 부끄러워졌다

천변에서는 물안개가 어지럽고
흑성산의 구름은 하늘로 오른다
그때와는 다른 변화를 꿈꾸면서

소나무 안개에 갇히다

나의 어둠은 밤마다 천년의 솔숲을 서성이곤 했다
길가의 가로등이 불빛을 잃어가면서 어둠은 걷히지만
어둠이 빠져나간 자리에선 고요 대신
창백한 숨결이 안개로 피어올랐다
어둠은 여전히 안개처럼 고단하기만 했다

안개에 갇힌 소나무숲은
날개 젖은 나비처럼 먹먹하거나 축축하다
한때 내 심장도 안개로 가득하던 시절이 있었다
사람들은 내게서 눈물만 읽고 갔다
숲속에선 솔잎이 안개에 젖고
젖은 안개는 내 길을 통째로 지워나갔다
숨 쉬는 하루하루가 젖은 솜처럼 무거웠다
사진기 셔터소리에 아침 햇살이 젖은 새벽을 말리고
한참을 가두었던 길이 비로소 열리기 시작했다
날개를 말린 나비는 과거의 기억을 떠올리며
가벼운 날들을 사랑하게 되었고
나는 시련을 꺼내지 않고 드러나는 소나무에 집중했다

※ 우섬 : 경기도 화성시 송산면에 있던 섬으로, 시화방조제 건설로 육지가 되었다. 송산 신도시가 조성되면 사라질 예정이다

수섬 풍경

새들이 날아간 오후의 수섬은 한가롭다

한때 수많은 바다의 비밀을 간직했던

그 섬은 이제 뭍이 된 지 오래다

지금은 바람과 삘기꽃의 산지가 되었다

바람이 스치고 삘기꽃으로 햇살이 쏟아지면

내 어린 날의 봄날처럼 한낮의 수섬은 눈부셨다

한 그루의 나무가 그 섬의 정원을 키우고

몸가짐이 민첩한 바람은

풀숲 사이를 지나 푸른 물결이 된다

젊은 시절 어둡게 뒤척이던 시의 언어들처럼

마음 붙일 곳 없는 몇몇 갈매기들이

바다의 기억으로 수섬의 하늘을 날 때가 있다

주변이 먹물로 일렁이기 전까지

뭍이 된 오후의 수섬은 아름다움들로 가득했다

가을색

색색으로 칠해진
가을은 참 예쁘다

연둣빛 나뭇잎의 파란 속 빛이
단풍잎 붉은 열정으로 드러나고
은행잎 노란 상념으로 피어나고
메밀꽃 하얀 소금으로 뿌려지면

초록빛 여름은 지워지고
곳곳에 내려앉은 가을색

이파리 하나하나가
꽃으로 피어서

눈을 물들이더니
마음까지 물들였다

여명의 충주호

기억하니?

함께했던 십이월의 어느 아침이었지
새벽빛이 어둠을 비집고 들어오면
오후의 온기 같은 안개를 토해내던
여명의 충주호를

그 안에서
우리들의 숨결은 안개에 젖었고
눈부신 햇살과 물안개, 바위까지도
투명한 그림자로 품던 그날을

오도산

그 산이 품은 것은
자유와 침묵과 그리움이다
거친 바람과 구름도
그곳에선 속뜰을 열어보인다

새벽바람에 흔들리며 피는 억새꽃은
세속의 구속에서 자유롭다
위안이 필요할 때면 너에게로 가서
나는 가난한 사진가가 되곤 했다

너에게 가는 그 길은
그리움의 배경이 되었고
너에게 가서 머문 시간은
삶을 비우기 위한 침묵이었다

해질녘이면 제 몸을 모두 비우고
지워졌던 오도산 풍경은
어둠 너머에서
여명과 산그리메로 하루를 연다

※ 오도산 : 경남 거창군과 합천군에 걸쳐 있는 산. 일출이 아름다운 곳.

바다

일상을 씻어내려
바다에 간다

삶도 사랑도 아침도
붉게 토해내는
실패한 이유들

예측할 수 없는
새벽 바다에서

건져 올리는
지나간 흔적들

지우지도 못하고
밀물로 담긴다

울릉도

물비늘 속살대는
애틋한 그리움과
질풍의 노도가 늘 함께하는 섬

아침 같은 고요와
쉴 새 없는 풍랑을 품고
드라마틱하게 살아가는 섬

며칠쯤
비일상의 관념 속에 젖어
너만 모르는
아픈 마음을 지우려고

그 섬
울릉도에 가다

※ 미호천 : 충북 음성군에서 발원해 충남 연기군에서 금강으로 흘러든다.

천변풍경

렌즈로 클로즈업된
미호천변의 풍경은

스멀스멀 피어오르는
물안개와 하얀 서리꽃
붉게 일렁이는 물결을 품고

이른 봄이면
아침의 미학이 된다

※ 운여해변 : 충남 태안군에 있으며, 솔숲과 낙조 풍경을 볼 수 있는 곳으로 유명하다.

운여해변의 고요

그곳에서 내가 주목한 것은 태초의 고요였다
물론 고요가 기억에서 시작된 것은 아니다

빗살무늬처럼 열병식 하는 소나무들과
잠들지 못한 호수의 반영에서 비롯됐다

호수에서는 파도가 비껴간다
방풍림 밖의 파도 소리는 묻지 않았다

아침이 오고 썰물로 호수가 지워지면
대각선으로 질주하는 세상이 되기도 한다
그런 시간들은 고요에서 멀어진다

먼 곳에서 만조를 끌고 와서야
비로소 호수는 우주의 시원으로 돌아왔다

파도에 씻긴 새들이 날아오고
지금은 쉼표로 가득 채워져 있다

생의 끝자락 같던 어제가 추억처럼 읽힌다

고택의 가을

햇살이 떨구고 간
감나무 가지 끝엔

붉은 홍시 두어 개
까치밥으로 남았고

구절초, 쑥부쟁이가
내년을 기약한 자리엔

오래된 항아리들이
가을처럼 펼쳐져 있다

물새

어느 초겨울 충주호의 아침이었어

호수에서 물새를 품은 해를 보았다

아니 해를 품은 물새였어

물안개는 포근했고

하얀빛 속에서도 선율이 흐르듯

물새의 비행은 우아했다

반영으로 호수에 흔적도 남겼다

홀로 태양을 가로지르면서도

너는 두려움이 없었다

너를 기다리는 사랑하는 이들이 있고

네가 가야 할 곳을 알기 때문이겠지

내 가슴에도 물안개 내리고

바위 사이에서 수많은 생이 피어날 때

나도 너처럼 황홀한 호수를

반영으로 품고 날고 싶었다

※ 사랑나무 : 충남 부여군 가림산성 정상에 있는 느티나무. 서동과 선화공주의 설화가 깃들어 있다.

사랑나무

제법 살갗을 시리게 부딪치는
바람 소리에서

그 바람이 흔들고 가는
풍경소리에서

그 소리에 잎을 모두 떨군
나뭇가지에서

그 나뭇가지 사이로 내리쬐는
차가운 햇살에서

쓸쓸한 초겨울 냄새가
바람에 쓸리는 마른 풀잎처럼 번진다

뜰에서 바라보는 산성의 사랑나무에도
가을이 뒤척이다가 자리를 내어주고

나뭇가지에 이는 찬바람에 덩달아
내 마음속 빈자리도 깊어만 간다

두물머리

햇살이 이끌고
바람이 등을 떠밀어
다다른 그곳에서는

머물다 떠난 멍울들
얕지 않았던 그리움들
한참을 비틀거렸던 삶까지도

바람조차 투명해지는 아침이면
따스한 물안개가
포근히 씻어 안아 준다

바람의 흔적

바람이 물결로
지나간 자리엔

묻어날 것 같은
연둣빛 바람 소리

어지럼증 같은 여운이
흔적으로 남는다

들꽃, 그리움을 찍다

1판 1쇄 발행 2026년 2월 28일

저자 박상현

교정 황윤   **편집** 김다인

펴낸곳 (주)하움출판사   **펴낸이** 문현광

이메일 haum1000@naver.com   **홈페이지** haum.kr
블로그 blog.naver.com/haum1000   **인스타그램** @haum1007

ISBN 979-11-7374-335-1(03810)